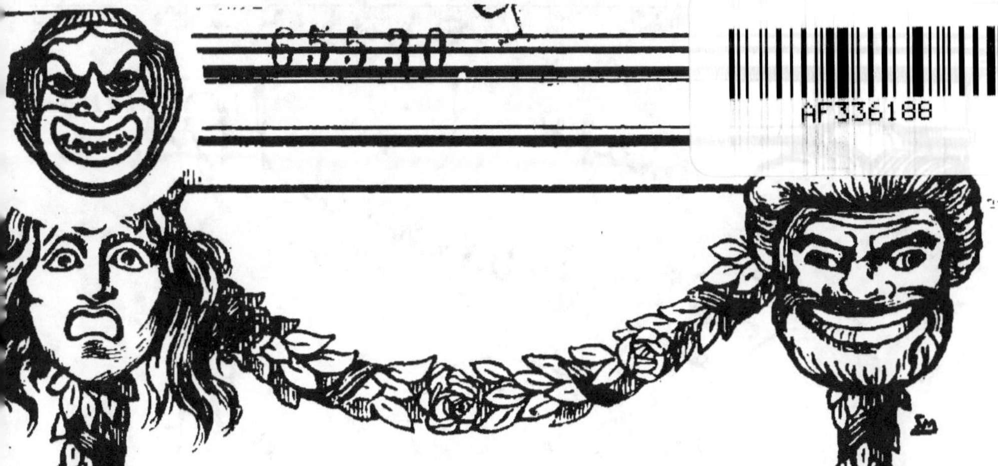

Jean MANNEVILLE & Edouard LOISEL

La Meute

PIÈCE EN UN ACTE

Prix : UN Franc

PARIS

DELORMEL et Cⁱᵉ, Editeurs

19, Boulevard Saint-Denis, 19

1907

Droits de reproduction, de traduction et représentation réservés

À Monsieur P. Rubey —
Bon souvenir de l'Auteur

Jean Mauroviche

LA MEUTE

LA MEUTE

PIÈCE EN UN ACTE

DE

Jean MANNEVILLE & Edouard LOISEL

REPRÉSENTÉE

à Paris, au *Palais du Travail* (Direction VERNER

à Bruxelles, au *Théâtre Social*

à Ostende le 2 février 1908

Cette pièce est déclarée à la Société des Auteurs
et Compositeurs dramatiques, 8, rue Hippolyte Lebas, à Paris

Personnages

LALANDE, manufacturier . . . . 55 ans
EDMOND LALANDE, son fils . . . . 26 ans
GAUCHER, ouvrier. : . . . . 45 ans
JEAN, domestique de Lalande . . . . . . 30 ans

LA SCÈNE SE PASSE DE NOS JOURS

AVIS IMPORTANT

LA MEUTE

La pièce se passe dans le cabinet de M. Lalande. — Bureau, a droite. chaises, fauteuil, secrétaire, cartonnier. Fenêtre au fond.

Portes à gauche et à droite.

SCÈNE PREMIÈRE

M. Lalande, Edmond

(Au lever du rideau, M. Lalande est en train de consulter ses livres et fait des calculs. Jean, le domestique, achève de ranger, discrètement divers objets. Edmond Lalande entre par la droite. Il est très agité et pose son chapeau sur le bureau de son père. Il se dirige vers la fenêtre du fond et regarde au dehors sans causer. Jean se retire.)

LALANDE

Eh bien ?

EDMOND

Père, l'émeute grandit, les ouvriers se sont répandus dans la ville en chantant...

LALANDE, *ironique*

L'internationale !...

EDMOND

Ils ont un drapeau rouge.

LALANDE, *de même*

Vive la sociale !...Des gueulards !...Quand ils en auront assez, ils iront boire !...

EDMOND

Pour oublier, sans doute !

LALANDE

Pour se saoûler ! Cela vaut mieux, d'ailleurs : après nous dormirons tranquillement !

EDMOND

Dormir !... Vous songez à dormir ?... J'ai bien peur que les pauvres gens...

LALANDE, *furieux*

Comment dis-tu ? Les pauvres gens ?

EDMOND. *continuant*

Ne nous laissent guère de repos ! Les têtes sont montées et il y a, parait-il des meneurs qui aggravent tout.

LALANDE

Dans toutes les grèves, il en est ainsi !... Que tu es jeune !...

EDMOND

Cependant, j'ai entendu dire qu'une délégation des ouvriers allait vous être envoyée...

LALANDE, *nettement*

Je ne la recevrai pas !

EDMOND

Vous exaspérerez vos ouvriers !

LALANDE, *avec emportement*

Qu'ils aillent au diable !... Mais. je suis fixé ! Quand ils sentiront que l'estomac ne se nourrit pas de révolte et de phrases creuses, les loups seront de vrais agneaux !... Tu verras !...

EDMOND

Espérons-le !

LALANDE

Ils se rendront compte, alors, que je leur suis nécessaire !

EDMOND

Mais, la cause directe de la grève, cette augmentation de salaire refusée par vous...

LALANDE

Eh bien ?

EDMOND

L'accordez-vous enfin ?

LALANDE

Jamais !... Tiens, vois mes livres ! Je joins juste les deux bouts !... Ah ! ça, qu'est-ce qu'ils veulent tous ?

EDMOND

Le bien-être qui leur est dû !,..

LALANDE

Le bien-être ?... On n'a pas besoin de ça pour vivre !... On vit avec du pain : ça donne du sang, et avec des légumes : ça tient le corps libre !... Tu ne peux pas te rendre compte de cela, toi, tu es né avec la fortune que je t'ai gagnée ! Mais, moi, mon petit, j'ai lutté, j'ai turbiné, comme ils disent les autres ! J'ai fait mes seize heures par jour et, dans ce temps-là, on ne parlait pas de repos hebdomadaire ! Du bien-être !... Crois-tu que nous en avons eu quand nous avons commencé, ta mère et moi ? Elle travaillait à la fabrique où j'étais contremaître ! On avait juste une chambre et une cuisine ! Il était joli notre confortable !... Tous ces gens qui réclament, sans trop savoir pourquoi, ce n'est qu'un tas de propres à rien et de fainéants !...

EDMOND

Je vous en prie ? Ces fainéants vous ont sacrifié leur existence ; ces propres à rien vous ont aidé à consolider votre fortune : vous l'oubliez !...

LALANDE, *ironique*

Monsieur devient révolutionnaire ! Monsieur se fait l'avocat du Peuple !

EDMOND, *énergiquement*

Révolutionnaire ? Oui, de tout mon cœur, si c'est pour le bien-être de l'Humanité !... L'avocat du Peuple ? Oui, de toute mon âme, si c'est pour lui assurer un avenir meilleur !

LALANDE, *sarcastique*

Toi, tu finiras dans la peau d'un député !

EDMOND

Ah ! vous plaisantez, mon père, ce n'est pas le moment !... Mais vous n'entendez donc pas cette meute qui hurle à votre porte depuis deux jours ? Ces hommes qui réclament du travail, ces femmes et ces enfants, tristes êtres, qui demandent du pain !...

LALANDE

Du pain... du pain...

EDMOND

Oui, du pain, pour se faire du sang, comme vous le disiez tout à l'heure.

LALANDE

Tu plaides une mauvaise cause !

EDMOND

Non !   L'humanité pleure : consolons-la !
L'humanité chante : suivons-la !
L'humanité tombe : relevons-la !

Et c'est, remplis de ce pur idéal, que tous les peuples, épris de tout ce qui est grand, de tout ce qui est beau, s'uniront en une seule étreinte, en entendant s'exhaler, à travers les villes, aux riches architectures, à travers les campagnes aux moissons fécondes, ce mot magique : Humanité !

LALANDE, *ironique*

Si c'est ce que tu as appris au collège !

EDMOND

Au collège ?... Non, mais à l'école... à l'école du bon sens et de la justice !...

LALANDE

C'est complet !.. Drôle d'instruction !... (*un temps*) Et quand je pense que le moins payé de mes ouvriers gagne cent sous et travaille à peine douze heures par jour ! C'est inouï ! Et une fois sortis de l'atelier, tous vont boire et s'amuser !...

EDMOND

Oh ! s'amuser !...

LALANDE

Enfin autrefois parlait-on de concerts, de théâtres ici ? Non. Aujourd'hui, Messieurs les ouvriers en font les recettes. Est-ce un besoin le théâtre ?

EDMOND

Cela frappe l'intelligence, grandit l'esprit, développe les idées !...

LALANDE

Parlons-en ! Les auteurs s'ingénient à écrire un tas de mensonges que les gogos prennent au sérieux !

EDMOND

Des mensonges, à votre point de vue ! Mais des vérités pour les autres !...

LALANDE

Ah ! c'est du propre ! Et les ouvriers ne sont pas contents ! Ils chantent « l'Internationale » ! Qu'ils chantent, tonnerre de Dieu ! Moi, j'ai fermé l'usine et je ne suis pas près de la rouvrir !... Ils n'auront rien ! Ils travailleront ou ils crèveront de faim !...

EDMOND

Pourtant, père, avouez-le, s'il y a des mauvaises têtes parmi ces humbles serviteurs, il est, par contre de braves gens qui souffrent !

LALANDE

Ils n'ont qu'a rentrer à la fabrique, leur place les attend !

EDMOND

Les autres leur feraient un mauvais parti !...

LALANDE

Alors, qu'ils s'emploient à les calmer avec de bonnes paroles, si leur lâcheté ne leur permet pas de donner l'exemple ! Non, ils préfèrent gueuler !... Je m'en fous !... (*On entend des cris divers venir du dehors. Tumulte*).

EDMOND, *regardant à la fenêtre*

Les malheureux !,.

LALANDE, *qui s'est assis à son bureau*

Va, fais du socialisme ! Mais sacré entêté, admets que j'accorde ce qu'ils demandent aujourd'hui, demain, ils exigeront davantage !...

EDMOND

Non. Ils comprendront !

LALANDE

Eux ! Ils seront toujours mécontents ! Mais laisse-moi faire : s'ils crient trop fort, on les mâtera.

EDMOND

A moins qu'une colère sanglante ne leur monte aux yeux, et ne les aveugle pour les jeter dans l'incendie, le pillage et le meurtre !..,

LALANDE, *ironique*

Aurais-tu peur ?

EDMOND, *simplement*

Pour moi, non ; pour vous, oui !...

LALANDE

Ne t'inquiète pas ! On ne joue pas avec le feu !... Ils reviendront avant de s'être seulement brulé le bout des doigts !...

EDMOND

Si toutefois la faim ne les pousse aux pires choses et s'ils ne cherchent, par tous les moyens, à reconquérir leur liberté !...

LALANDE

Nous y voilà !... Qu'appelles-tu la Liberté ?... Es-tu libre ? Suis-je libre ? Sont-ils libres ? Personne ne l'est ! Liberté ! Liberté ! Dpuis que l'on écrit victorieusement ce mot-là au-dessus de la porte de tous les bagnes, on en fait un abus désastreux ! Laisse-moi rire !... Au fait, est-ce qu'ils ne sont pas libres en ce moment ?

EDMOND

Libres ? Comment ça ?

LALANDE

Libres de crever de faim : c'est une liberté comme une autre !

EDMOND

Ah ! Père, père !...Mais la Fraternité ne vous commande-t-elle pas d'aider ces faibles, ces égarés ? Or, vous avez d'un côté, la meute affamée, la meute hurlante, de l'autre, l'instrument qui fait vivre : votre devoir d'homme, de citoyen...

LALANDE. *interrompant*

Ils veulent avoir plus que moi !... Pour eux, je suis un voleur ! Je suis le patron, le « gros » comme ils disent, celui qui gagne l'argent !... Je ne les paie pas ! Je les exploite !... Fraternité ! Liberté ! vains mots ! Doctrine républicaine absurde, irréalisable !...

EDMOND

Pourquoi donc ?

LALANDE

Quant à l'Égalité...

EDMOND, *tristement*

Il n'y en a qu'une, la vraie, la grande : la Mort !
(*On frappe à la porte*).

SCÈNE II

Les mêmes, Jean

LALANDE

Entrez (*Jean entre*). Qu'est-ce qu'il y a ?

JEAN

C'est l'ouvrier Gaucher qui demande à parler à Monsieur !

LALANDE

Ah ! ils envoient un des leurs ! (*A Jean*) Quelles nouvelles du dehors ?

JEAN

Bien mauvaises, Monsieur. Les grévistes viennent de saccager la boulangerie de la grand'rue !

LALANDE

Et la police, qu'est-ce qu'elle fiche ?

JEAN

La police est impuissante et les habitants s'affolent !...

LALANDE

C'est du joli !...

(*On entend des rumeurs qui vont grossissant ; chants, sifflets et l'Internationale en sourdine*).

Entendez-vous... (*A Jean*) Enfin, faites entrer Gaucher !
(Jean sort).

Ce Gaucher est un turbulent que ses camarades écoutent volontiers ! Si j'essayais ?.. Retire-toi, je t'appellerai tout à l'heure.

EDMOND

Mais...

LALANDE, *avec autorité*

Je n'aime pas qu'on discute mes ordres.

(*Edmond sort à gauche*).

SCÈNE III

Lalande, Gaucher

(*Jean fait entrer Gaucher par la droite et sort aussitôt. Gaucher reste à la porte et regarde autour de lui*).

LALANDE, *assis a son bureau, très bonhomme*

Entrez, entrez, Gaucher ?

GAUCHER, *brutal*

Bonjour.

LALANDE, *de même*

Bonjour, Gaucher... Asseyez-vous donc ! Comment va votre femme, cette brave maman Gaucher ?

GAUCHER, *brutal*

Je viens pour...

LALANDE, *de même*

Et vos enfants ? Ah ! les petits mâtins, qu'ils sont gentils ?...

GAUCHER, *brutal*

C'est bon... c'est bon... Je viens au nom des camarades ! La grève bat son plein ! On ne travaille pas depuis deux jours et on a faim !...

LALANDE, *de même*

Rentrez à l'usine !

GAUCHER, *brutal*

Vous accordez l'augmentation ?

LALANDE, de même

Je voudrais bien, mon pauvre Gaucher, mais là ! vrai, c'est impossible !

GAUCHER, plus brutal encore

V'là ce que les camarades m'ont chargé de vous dire : Y a assez longtemps qu'on trime pour vous, pour dix sous de l'heure ! Faut de l'augmentation, y a pas, ou ça durera longtemps !...

LALANDE, de même

Que voulez-vous ? ce sera regrettable ! J'ai réfléchi, j'ai refait mes petits calculs, je ne peux pas augmenter le salaire de mes ouvriers... là... parole d'honneur !..

GAUCHER, brutal

C'est bien, j'vas leur dire que vous ne voulez rien faire ! Au revoir !
(Il se coiffe de sa casquette et va pour sortir).

LALANDE, bonhomme

Pas du tout ! Ne leur dites pas que je ne veux pas, mais que je ne peux pas !...

GAUCHER, brutal

C'est la même chose ! J'vas toujours leur répéter et la grève continuera !...

LALANDE, bonhomme

Comme vous voudrez ! Après tout, si vous avez quelques économies, cela vous fera patienter un peu !

GAUCHER, brutal

Des économies ! Vous nous prenez pour des capitalistes, pour des bourgeois ? On vit au jour le jour nous autres !

LALANDE, de même

Alors, pourquoi diable vous mettre en grève si vous n'en avez pas les moyens ?... Vous n'êtes donc pas bien chez moi ?

GAUCHER, *de même*

C'est rapport à l'augmentation !

LALANDE, *de même*

Je vous le répète : impossible ! C'est malheureux !

GAUCHER, *brutal*

Pour sûr qu'c'est malheureux !

LALANDE, *bonhomme et très dégagé*

Au fait, je vous confesse que je suis presque content de cet incident ! Mon parti est pris. J'ai de quoi vivre — Oh ! pas largement ! — Mon fils vient de mettre la part qui lui revient de sa mère dans une métallurgie des environs, alors, ma foi, rien ne me retenant plus ici, je ferme l'usine dé-fi-ni-ti-ve-ment !

GAUCHER, *plus doux est très troublé*

Vous fermez l'usine ?...

LALANDE, *toujours bonhomme*

Les affaires à présent, sont de plus en plus difficiles... j'étais justement en train de faire la balance du trimestre... c'est piteux !

GAUCHER, *redevenant brutal*

Ah !...

LALANDE, *bonhomme*

Des frais... considérables !... Tenez, Gaucher, j'ai confiance en vous, car vous, vous êtes un honnête homme, un garçon intelligent, franc, loyal, et il y a longtemps que nous nous connaissons...

GAUCHER, *s'adoucissant*

V'là une pièce de 25 ans...

LALANDE, *bonhomme*

Hein ! tout de même, 25 ans !... C'est un bail ! Eh ! bien, jetez un coup d'œil sur ce livre, vous y verrez les frais que j'ai...

GAUCHER, *flatté, mais refusant*

Oh ! monsieur Lalande... non... je ne veux pas !...

LALANDE

Approchez, approchez, je n'ai pas peur qu'on se rende compte et vous verrez que je suis tout tout d'une pièce. (*Il suit du doigt sur son grand livre, les comptes qu'il appelle au fur et à mesure*). Main d'œuvre... hein ?... Frais généraux... hé !... Contributions, patente... ah ?... Assurance des ouvriers... Eh ! bien: mon pauvre ami, ça en représente des billets de mille, tout ça !...

GAUCHER, *un peu méfiant encore*

Faut croire !... Alors c'est là que vous écrivez tout ce que vous dépensez ?...

LALANDE, *bonhomme et joyeux*

Mais oui. mais oui. toutes les dépenses de la fabrique...

GAUCHER. *ébranlé*

Je vois... je vois... (*un peu naïvement*). Mais, sur quel livre que vous portez ce que vous gagnez ?...

LALANDE. *parlant vivement*

J'oubliais aussi, dans les ateliers j'ai pour plusieurs milliers de francs de marchandises que je ne vendrai jamais !... Quelle perte !... (*avec volubilité*) Ainsi, j'ai 500 ouvriers, deux cents de trop pour le moins, mais que je garde quand même, et au lieu de m'être reconnaissants de ce sacrifice, ils veulent être payés onze sous de l'heure, au lieu de dix, soit un écart de 300 fr. par jour, soit au bout de l'année,.en chiffres ronds 110,000 fr.

GAUCHER, *ébloui*

Bien sûr, bien sûr... 110,000 fr... Dame, pas vrai, les camarades savent pas tout çà...

LALANDE, *insinuant*

Il faudrait leur faire comprendre... quelqu'un d'influent... vous, par exemple... Vous avez leur estime, ils vous écoutent ? Je me rappelle un discours que je vous ai entendu prononcer très bien, eh ! eh !

GAUCHER, *flatté*

On sait y faire quelquefois…

LALANDE, *bonhomme*

Et puis, songez-y bien, un travailleur est un homme libre ! Travailler, c'est avoir son bien être, son confortable ! Cela permet d'aller de temps à autre au théâtre, et le théâtre est excellent : il grandit l'esprit, développe les idées ! D'ailleurs, les auteurs écrivent des pièces où l'on puise des enseignements qui profitent à tout le monde !… Et puis, voyons, le patron n'est pas un tyran, Gaucher…

GAUCHER, *convaincu*

Parbleu !

LALANDE

J'ai commencé comme vous, simple ouvrier et je n'avais pas votre intelligence…

GAUCHER, *aimable*

Vous étiez un instruit !…

LALANDE, *avec emphase*

Pas plus que ça !… Voyez-vous, Gaucher, nous sommes tous attachés à la même roue qui va vers le bonheur de l'Humanité ? Vous donnez vos bras ; je donne mon cerveau !… Nous ne travaillons pas pour nous, mais pour la Patrie, pour l'élévation de son commerce et de son industrie ! Nous vivons dans cette idée immense, sublime : voir notre belle France planer au-dessus de toutes les autres nations ! Nous sommes les petits outils qui donnent les travaux radieux rayonnant sur tout l'Univers… Vous me comprenez, n'est-ce pas ?…

GAUCHER, *enthousiasmé*

C'te bêtise !… La Patrie… la roue du travail… l'univers… le bonheur de l'Humanité… le cerveau… le bras… la liberté… Sûr que je comprends…

LALANDE

Et quand je dis qu'il y a impossibilité à ce que l'heure soit payée plus de dix sous, c'est qu'il y a impossibilité !…

GAUCHER, *timidement*

Faut pas en vouloir aux camarades, ça ne comprend pas bien... c'est buté ! Enfin j'essaierai, Monsieur Lalande, mais y aura à faire. Il est venu ce matin des gens qui leur z'ont proposé cent sous par jour pour faire grève... Alors, ils hésitent !...

LALANDE, *bonhomme*

Pauvres gens, on les trompe !... Dites-leur de ne pas se monter la tête, les troupes vont arriver et qui sait... Tenez, j'oublierai l'injure, je consens à ce qu'on reprenne le travail... dans les mêmes conditions qu'avant !...

GAUCHER, *ému*

Ah ! c'est une bonne parole, ça !...

LALANDE, *bonhomme*

Oh ! mais je ne suis pas pressé ! D'ailleurs, il y a des mauvaises têtes dont je veux me débarrasser (*regardant fixement Gaucher*) par exemple, Durand. Priva, Leclerc, Lemay qui ont conduit cette triste affaire !...
(*Il s'assied à son bureau*).

GAUCHER

Vous faites erreur. Ceux-là sont des honnêtes gens, c'est les autres : Guéchamp, Bénard, Masson et Lenoir qui les excitent en les grisant et en leur chantant un tas de chansons !...

LALANDE, *qui a écrit les noms que vient de lui citer Gaucher*

Les plus payés de mes ouvriers, parfait !... Merci, mon bon Gaucher... ainsi donc, c'est entendu vous allez leur parler...

GAUCHER, *enchanté*

Comptez sur moi, je vas leur faire une causerie ! Je leur dirai qu'on va contre la Liberté, l'Humanité... qu'on foule aux pieds, le but, l'œuvre !... Soyez tranquille, ça sera dit !...

LALANDE, *bonhomme*

Allons, au revoir, Gaucher...

GAUCHER, *se dirigeant vers la porte de droite, à reculons, roulant sa casquette dans ses mains*

Au revoir, Monsieur Lalande... merci bien (*Lalande lui tend la main : il la prend, tout confus*)... Je vas leur faire une causerie... je vas leur parler.

(*Il sort*).

SCÈNE IV

Lalande, Jean, puis Edmond

LALANDE, *resté seul se frotte les mains, il sonne, entre Jean*

JEAN

?

LALANDE

Monsieur Edmond, tout de suite ?

JEAN

Bien, Monsieur (*Il sort*).

LALANDE, *resté seul écrit quelques mots qu'il met sous enveloppe*

(*Un temps*)

(*Pendant ce temps il faut que l'on entende distinctement les cris et l'Internationale, et que les rumeurs se rapprochent fortement à ce seul moment. Lalande se lève alors, va à la fenêtre, regarde, hausse les épaules. Edmond entre doucement. Leurs regards se croisent*).

EDMOND

Père ?

LALANDE

Eh bien quoi, qu'est-ce qu'il y a ?

EDMOND

Il y a que cela ne peut plus durer ainsi !

LALANDE

Parce que ?

EDMOND

Parce que c'est effrayant ce flot révolutionnaire qui vient battre notre porte, je suis las de ces rumeurs continues.

LALANDE

Bah ! la porte est solide.

EDMOND

Cédez père ?

LALANDE

Non, j'ai dit non !

EDMOND

Rendez service à l'humanité ?

LALANDE, éclatant

Voilà 25 ans que je rends service à l'humanité. Pendant 25 ans étant chef de fabrique, j'ai fait vivre 500 ouvriers, pendant 25 ans j'ai été leur gagne-pain, leur vache à lait, et voilà leur reconnaissance ! Ils m'étrangleraient s'ils me tenaient dans un coin ! Celui que j'ai ramassé dans le ruisseau et dont j'ai fait un ouvrier, un être tenant une place dans la société, celui-là me lancerait une pierre à la tête ! De la gratitude ? des brutes, entends-tu, des brutes qui n'ont pas pensé aux transes que j'éprouvais quand la maison ressentait le choc d'un paiement en retard ; les ai-je fait attendre pour les payer ? Non, c'est moi qui ai attendu que l'argent rentrât pour manger.

EDMOND

Calmez-vous, (cris sifflets).

LALANDE

Ecoute-les, mais écoute-les ces gens que tu défends, dont tu t'est fait l'avocat juré ! (on entend l'Internationale) Avec leur chanson !

EDMOND

Au nom des habitants faites cesser ce supplice ?

LALANDE

C'est bien simple. Mets ton chapeau et va porter cette lettre à la mairie. Remets-là au maire lui-même. Nous verrons bien s'ils crieront encore (*Edmond tout étonné prend l'enveloppe et reste interdit. Rumeurs plus fortes*) Vous pouvez gueuler mes gaillards, quelques bonnes arrestations...

EDMOND

Arrestations ?

LALANDE

Tiens, pardi. J'ai arraché le nom des meneurs à Gaucher.

EDMOND

Et cette liste ?

LALANDE

Tu l'as, tiens ! Comprends-tu ? et tu vas la porter immédiatement.

EDMOND, *énergiquement*

Non !...

LALANDE, *suffoqué*

Hein ? Ah ! ça tu es fou ! tu vas la porter.

EDMOND, *de même*

Je refuse !...

LALANDE

Tu dis ?..

EDMOND, *de même*

Je dis que ces pauvres gens ont assez souffert par votre faute !...

LALANDE, *avec colère*

Tonnerre de Dieu !...

EDMOND. *de même*

... Et que je n'irai pas, mon père, vous entendez ? Ce serait une lâcheté !...

LALANDE, *de même*

Tu vas y aller ! Je te l'ordonne !

EDMOND, *de même*

J'ai dit non !...

LALANDE

Ah ! misérable !... (*Il lève la main sur son fils*).

SCENE V

Les mêmes, Jean, puis Gaucher

JEAN, *entrant effaré*

Monsieur... Monsieur ?... Les grilles de l'usine ne vont plus tenir !... Les grévistes ont déjà fait sauter des barreaux !...

LALANDE

Ah ! ça, mais ils deviennent dangereux !... J'y vais !...

(*Au moment où il va pour sortir, la porte de droite s'ouvre et Gaucher apparaît. Il a la figure ensanglantée et il s'appuie à la porte après l'avoir fermée avec terreur. Les rumeurs montent plus fortes du dehors*).

GAUCHER, *à Lalande*

Non, restez. Monsieur Lalande... ils vous tueraient !...

LALANDE, *très ému*

Vous, vous, Gaucher ?...

GAUCHER, *très faible*

Oui ! (*il s'avance avec peine*).

EDMOND

Vous êtes blessé ?...

GAUCHER, *très faible*

C'est rien !... J'ai voulu parler aux camarades... alors
ils m'ont appelé... menteur... vendu !...

— LALANDE

Il vous ont jeté des pierres ?...

GAUCHER, *de plus en plus faible*

Oui !... (*Il semble s'évanouir. Edmond se précipite vers
lui*) Ça va, merci !... Laissez-moi ?... Je... me suis...
traîné... jusqu'ici... par le jardin...

EDMOND, *le soutenant*

Pauvre homme !...

GAUCHER, *à Lalande*

... pour... vous... dire de... (*Il tombe à terre*).

LALANDE, *anxieux, très ému, l'interroge du regard*

... ?

GAUCHER, *assis à terre*

Pour... vous... dire de... ne ne pas sortir et... (*la voix
s'affaiblit de plus en plus*) et... de penser à... ma femme
et à... mes pauvres petits... Monsieur Lalande je... je...
voudrais... (*il fixe Lalande et tombe mort*).

LALANDE, *de plus en plus ému*

Gaucher ?... Voyons, Gaucher ?...
(*Edmond, d'un côté et Jean de l'autre, regardent Gaucher. Profond silence. A la cantonade, l'Internationale très
doucement*).

EDMOND, *se relevant*

Il est mort !...

LALANDE, *exaspéré*

Ils l'ont tué, les gueux !... Ils ont tué !...

EDMOND, *simplement*

Oh ! père, c'est assez d'une victime ! c'est assez d'un deuil !... Vous céderez pour lui (*désignant Gaucher*) pour ce malheureux qui voulait la paix ! Vous ne voudrez pas être la cause d'autres tristesses !... Croyez-moi, ce sont de pauvres gens !...

LALANDE, *ému*

Tu as peut-être raison ! Oui, ce sont de pauvres gens !... Jean courez vers eux, dites-leur que le sang a déjà trop coulé !... Qu'ils m'envoient leur délégation et l'usine sera ouverte demain, comme d'habitude !...

EDMOND

Oh ! merci, père. merci !...

(*Edmond regarde Monsieur Lalande*).

(*Jean sort, un temps*)

LALANDE

Tu inscriras la rente de la veuve.

EDMOND

A quel compte, père ?

LALANDE

Aux accidents du travail parbleu !

RIDEAU

Saint-Amand (Cher). — Imp. LALANDE-MAILLOT

DELORMEL & CIE

ÉDITEURS

PARIS — 19, Boulevard Saint-Denis, 19 — PARIS

Pièces en un Acte

AUTEURS	TITRES	H.	F.
E. LOISEL et G. SIBRE..	*Hortense ne ment jamais.* L	4	»
E. LOISEL, L. DE SAINT-CLAIR et G. SIBRE ...	*Angèle veut épouser un pharmacien*............ L	3	2
E. LOISEL et G. SIBRE..	*Si Caroline savait çà*... L	3	2
E. LOISEL...............	*Belle-Maman arrive !* ... L	3	1
E. LOISEL...............	*Marions Delorme!*...... L	2	2
L. GARNIER et E. LOISEL	*Le Responsable* L	3	2
J. MANNEVILLE et E. LOISEL.	*L'Éveil*................. D	4	»

Théâtre humanitaire de Montehus

Les lunettes................................... L	2	2
La Nappe ou un Drame au pays noir............ L	2	2
La Conscience du Gendarme...................... L	3	2
Un Curé qui tourne bien L	4	2

NOTA. — La lettre L indique que les pièces sont du Répertoire de la Société Lyrique, 10, rue Chaptal.

La lettre D indique que les pièces sont du Répertoire de la Société des Auteurs dramatiques, 8, rue Hippolyte-Lebas.